JN190334

火のにほひ

hi no nioi
Fukujin Noriko

福神規子句集

ふらんす堂

火のにほひ＊目次

句集　火のにほひ

I

やはらかき色を寄せ合ひ切山椒

言ふことを聞かぬも芸や猿回し

修身の本に神の絵雪もよひ

ひと揺すり潮に濯ぎて若布干す

目つむりてゐたし初音を聞きてより

島長のためし太鼓や午祭

犬筥のいつも横向き雛の段

丶《ちゆ》と高き茶杓の節やなごり雪

春灯に首細りゆくガラス瓶

はくれんや風うつくしき町に下車

春蘭にこごめば母とゐるごとし

離宮訪ふ春の手套をしのばせて

抱きしめて育てし子等や花なづな

クレヨンの赤が好きな子チューリップ

シスレーの絵に似し木立水温む

くぐもれる司祭の声や花の昼

遠くより近くの春の闇深し

小説を読み終へし夜の春の月

ホッピーの赤き提灯祭来る

辞儀深く芸子頭の祭髪

詩のごとく薔薇のくづるるカテドラル

片口に十薬活けてひとりの刻

少女はや女の目をす纓紅草

仮寓とはなどかかなしや釣忍

若竹の幹一徹でありにけり

鳴きやみて忽ち遠音ほととぎす

行儀よく猫の見てゐる金魚玉

美しき離陸の角度夏の雲

講宿の子の丸刈りや夏休み

別荘に読みさしの本青胡桃

思ひ出はなべて白黒蟬時雨

揚花火空を一齣進めけり

だんじりの男と生れて恋女房
だんじりの髪きつく結ふ乙女子は

起し絵の糊しろ細し秋の風

振り向けばいつも残像鶏頭花

秋涼し人の見ぬ方見てをりて

秋さやかまつすぐに刺す展翅針

少年のやうな目をして瓢を吹く

爽籟や礼儀正しき牧夫の子

立てばふと軽きめまひや昼の虫

忽と会ひ忽と別れて吾亦紅

ぼんやりとつながる記憶草の絮
ひとつづつ片付けて秋ゆきにけり

落葉蹴る少年恋を知りそめし

眠るもの眠りて森の冬に入る

奈良井千軒冬日に影を連ねけり

紙漉の水のとろりと遅れたる

丹頂に雪のにほひのありにけり

仰ぐとは敬ふに似て大冬木

山の星総身に浴びて年の夜

II

湯返しの所作を豊かに初点前

煙突のある家に雪降りにけり

生きるとは歳をとること冬桜

雪降るや書斎に古りし帽子掛

しらかばの木肌うつくし猟名残

わがために使ふ一日クロッカス

折鶴のくちばし細し立子の忌

やはらかき形に飛べり初蝶は

犬よりも鳩の大きく吊し雛

貝桶の蓋開いてゐる雛遊び

なにがなし老いしとおもふ榛咲けば

盲ひたる少女の仰ぐ花吹雪

剪定の梯子に北信五岳かな

榛咲いて遠くの景がなつかしく

たそがれは不意にさみしく山桜

ヒロインのしづかな最期春の月

行春のまた猫に会ふ異人町

晩春のトンバイ塀の裏通り

狛犬の巻き毛豊かに夏に入る

飛んでゐる今を消しつつ梅雨の蝶

稿継ぐは身を削ぐごとし沙羅の花

人とゐて人なほ恋し蟬時雨

唖蟬といふ一生のありにけり

父逝去

鴫焼に父亡き母の暮しかな

みんみんの鳴き止みてより声懐かし

沙羅散りて人といちにち会はざりし

畳なはる毛野の青嶺や達磨干す

立山護符壁に涼しき登山小屋

ケルン積む還らぬ魂のいくつある

老鶯や山には山の祖霊住み

夕焼や母許去ぬを言ひ出せず

秋口のすこし無口でゐたいとき

坂町に古りし煎餅屋円朝忌

あの日とは還らざる日や秋の蟬

風船葛心通へば揺れはじむ

露草の藍子規あらば子規ならば

音絶えし機屋小路も雁の頃

吾亦紅とだけ会ひたき日なりけり

小面のほのかに笑まふ良夜かな

新藁に膝し新藁括りをり

角切のやがて静かな鹿となる

菊月の庵の一間の香合せ

繭蔵に繭の残り香秋深し

襟元にことに虻来る菊人形

頼りたく頼られてゐて日向ぼこ
冬ざれの野やたてがみの欲しくなる

年木樵る音か柳生の里わびし

一葉の恋はうたかた枇杷の花

髷結へぬ力士も交ざり餅を搗く

双肩のとがりて雪の尾白鷲

着ぶくれてをとこにもある器量かな

Ⅲ

羽子板を溢るるめ組の喧嘩かな

目を据ゑてどんどの達磨尉となる

御遷座の仏を思ふ冬の鵙

寒鯉の浮かびて鼻のありどころ

目が語る別れの予感春の雪

小説の嘘うつくしきぼたん雪

峡の灯のとりのこいろに木の芽雨

藁抜きし目刺のまなこ大きかり

男雛より大人びたまふ女雛かな

宝冠にかすかな揺れや享保雛

灯を消してよりのひひなの世界かな

チューリップかなしい時も赤が好き

蝶去りてまた先程の続きかな

ふくらんで風船の色うすくなる

膝折りて遠ちを見る鹿春深し

蚕豆の容チがなんとなく可笑し

器量よき置屋の猫や鉄線花

菖蒲湯の案内見番横丁に

ひとまはり小さくなりぬ夏の鴛鴦

双蝶の高舞ふは恋南吹く

泣けば嬰のさらに重たし梅雨最中

天井の竜の真下にゐて涼し

蜘蛛の囲の緩びなかりし素秋かな

星月夜マリオネットのつむらぬ目

秋冷やひとは横顔より老いて

鶏頭を去るきつかけの見つからず

この通草子規の画帖に加へたく

聞き役に過ごす母がり菊日和

これやこの大人びたまふ後の雛

釜に湯の滾りて菊の宴かな

秋澄むや渡りの蝶の羽透けて

秋日和雑魚躍る十把一絡げ

活け締めの魚のきゆと哭く暮の秋

野葡萄に海女の小島の潮鳴りす

奄美大島

はぶ採り棒戸毎に吊りて島に老い

板敷の島の教会花ゆうな

麝香揚羽ひるがへるとき神宿る

西郷隆盛の妻「愛かな」

島妻でありし生涯秋の蟬

切り絵めく空の青さや柿たわわ

また数へ初鴨の数また違ふ

美しき森の木漏れ日黄落期

母のため空けておく日よ石蕗日和

初冬の風のにほひの男の子
とは言へど淋しくなれば落葉蹴り

たたら踏めば昔の音や雪もよひ

古国府とふ越の寺町しぐれけり

草稿のインクのにほふ十二月

Ⅳ

糶られたる鱒の大口雪が降る

能登瓦井然として寒波来る

通り名のゆかしき京の手毬唄

毬唄に乃木大将もおはしけり

剃髪の耳のかしこき涅槃僧

うすらひのやうな木歩の一世かな

浅沓の底に祢宜の名梅の花

しろがねの鮃に薄墨木の芽冷

むかしむかしで始まる民話水温む

縄電車ものの芽に来て止まりけり

浦賀に病む師あれば

浦賀に来てゐます桜が咲きました

天辺が好き囀をほしいまま

朝東風や魚河岸にある診療所

師の亡くて片手がさびし花吹雪

囀にポニーの耳のよく動く

島の子の駄菓子屋に買ふしやぼん玉

桜蘂降る懐かしの笠智衆

春菊を茹でしまみどり夕さみし

くちなはの目の冷徹でありにけり

清潔に雨のくちなし匂ふかな

短夜の救命室に夫の靴

病室の簡素な夕餉たかしの忌

枇杷は黄に古き家政婦紹介所

昼顔や大人の恋はしづかなり

昼顔に木漏日はいつも退屈

負けん気の鶏冠を振れり羽脱鳥

月涼し船漕ぐやうにチェロを弾き

天使魚星降る夜を浅瀬にゐる

ラリックのインコは番ひ灯涼し

落蟬の今際の声の透きとほり

丸眼鏡掛けし神父や草の花

御前生姜楽日の雨に香りけり

赤べこの空《くう》をさぐれる素秋かな

散りてなほ繭のふくらみ白木槿

振り返りてもかなかなの声の中

人形に戻るピノキオ星月夜

ムックリは風の音色や秋深し

縞馬の縞の順列秋日和

このあたり湖族の里や鯰舟

鹿罠に在の人の名記しあり

鯋汲む薄墨色に比良比叡

月琴に対の竜の絵雪もよひ

夕暮や網代に遠く鴨屯ろ

水鏡して白鳥の二羽となる

金黒羽白の何かしでかしさうな目よ

荒神帚霽ぐ奈良町石蕗日和

飴色のばつたり床几雪もよひ

一家言曲げずに老いて榾の主

地口行灯読みつつ納め観音へ

惚れ惚れと羽子板市の切られ与三

額づくやモスクの深き絨毯に
やはらかき喇叭の音色慈善鍋

蓮うてな枯れて一切空《くう》となる

V

松過の常の貌して雀等は
わが息のしづかに雪の降つてをり

水仙の丈をすとんと生けにけり

火の如き雉の隈取久女の忌

きさらぎや娘盛りを猿曳で

十字架のやさしき交差木の芽晴

火照りたる手をクローバにしづめけり

雲仰ぎをり揚雲雀聞いてをり

開けてみる千代紙簞笥立子の忌

日照雨して己が光に椿照る

根つめる時の正座や木の芽冷

春風やみな目の小さき飴細工

ガラス器の水うつくしきスイートピー

やはらかく空を押し上げ辛夷咲く

豆飯やかくんと折るる卓の脚

祈るごときヨガのポーズや森若葉

トルソーの人を待ちをる多佳子の忌

尾の消えて蛇の全長思はるる

亡き人のアドレス消せず梅雨深し

夕顔の開きて闇のやはらかし

幽霊図見ての帰りの白雨かな

雄鶏のいつも真顔やのうぜん花

夏燕ひるがへるとき風にほふ

みんみんのうんともすんともそれつきり

カンパニュラの口の中から仏蘭西語

少年の恋は不器用かぶと虫

起し絵の虫籠窓よりほの灯り

猿山にボスの不在や赤とんぼ

蓮の実の飛んでムンクの叫びかな

何もしたくない猿もゐて冬うらら

夫急逝

あの頃が懐かし落葉踏みながら

冬青空父母の許へと夫還し

触れ合うて枯れを確かめ合へるかな

落葉道みな遠ざかる人ばかり

切干も割干も杣暮しかな

寄つて来し右貌聡き小鴨かな

亡夫知らぬ町に来てをり石蕗日和

偶数になるまで鴨を数へたく

落葉踏むいまのよはひを今生きて

枯蘆に風の時間差ありにけり

枯木星ふと余命などおもひけり

突と醒めまなこ正気や浮寝鴨

寒林に我を残して来りけり

思ひ羽を立て正装の鴛鴦の夫

枯菊の臙脂は臙脂いろに枯れ

朴散つて空の群青深くなる

返り花にも散り頃といふがあり

落葉踏む母にやさしくなれぬ日も

枯木星風が磨いてをりにけり

雑炊の煮詰まりさうな頃が好き

葱刻む晩年といふ思ひあり

VI

数へ唄稚児とうたへば雪が降る

なづな粥なと煮て一人暮しかな

雪降るや家ぬち深く火のにほひ

界隈に鳩の含み音梅探る

通りすぎてよりまんさくの黄とおもふ
目の前の椿を見つつ別のこと

一瞬の風の強張り雉鳴きぬ

胸奥のすこし淋しき木の芽季

仕舞はるるときも遠き目古ひひな
囀を仰ぐや風に目を閉ぢて

ともだちを増やさず花に老いにけり

丁度良き隔たりにゐて春の闇

帰らなん雛に待たるる心地して

花の雲仰ぐ天国はありますか

知らなくていいことは見ず花に老い

海暮れて茅花流しの野が残る

母の日の夕暮子等に訪はれけり

二度掛かる間違ひ電話走り梅雨

ほとぼりはさめてゆくもの太宰の忌

ドの音は重たき音やみなづき来

甚平の老いの来てゐる昼の湯屋

誓子論読むみなづきの椅子深く

みどり子の高らかに泣き夏祓

甲冑は何も語らず梅雨深し

居留地の昔に迷ひ日の盛り

金魚玉ふつと死角のありにけり

遠蟬を聞くあの頃に戻りたく
とは言へど蟬の穴とはただの穴

寒がりの母を訪はねば雁の頃

門火焚く膝を小さく折り曲げて

捕虫網持てばとんばうゐなくなる

空仰ぎ雲を仰ぎて立秋忌

そんな目をして秋口の絵の女

慣らされて慣れて独り身秋の風

弟の方が母似や草の花

遠のけば更に紫苑の高くなる

一つづつ受け入れて吾も黄落期

かんばせのこざつぱりして初鴨来

雪近し祀りて対のおしら様

しぐるるや片頬のなきピカソの絵

大根煮るとろ火しづかに家居して

銀杏散るしばらく過去を歩きたく

丹頂の水呑む喉を高らかに

帰心かや檻の限りを鶴駆けて

焼牡蠣や語尾やはらかき能登訛

会へばまづ母の冷たき手を包む

数へ日の空は無欲や鳶舞うて

猿が猿しみじみと見て十二月

楼門に鳶現れ煤掃日和かな

侘助や男にはなき身八つ口

あら汁のうはずみの透く寒夜かな

凩や鳴かせてみたき指狐

あとがき

『火のにほひ』は私の第四句集であり、年代としては平成二十六年から令和四年までの作品をまとめたものだ。

第三句集『人は旅人』を編んでから二年後に父が、その二年後に師が、その二年後に夫が亡くなった。今までも大切な人を喪ってきたが、この三人の続けざまの死から、命の儚さを思い知らされた。

思えば、夫を亡くしてまだ思い切り泣いていない。それは未だに気が張っているのか、死があまりに身近でそこだけ知らず知らず封印してしまっているのか……、それでもふとした時に家の中の遠くを見ている自分に気が付くのは、居るはずのない夫の気配を感じているのかもしれない。その空間にはいつもじんわりと火の気配、火の匂いがする。

句集名は「雪降るや家ぬち深く火のにほひ」の一句から「火のにほひ」とし

た。

その間所属していた結社誌「惜春」の終刊、「雛」の創刊、「若葉」の終刊と私を取り巻く環境は目まぐるしく変化し、「雛」だけが残った。

コロナ禍を体験し、多くの人を喪う経験をした今、ことさら人生の深奥に潜む未知なるものを静かに見つめ、俳句という詩に紡いでゆきたいと思う。

そんな私の人生を支え、豊かにして下さっている多くの先輩友人達、「雛」のお仲間たち、また、今年九十五歳を迎える母、三人の子どもたちとその家族のみんなに「ありがとう」と伝えたい。

表紙の装画はアート刺繡作家の福神令子と写真家のうちだなおこさんにお世話になった。

刊行にあたって、上質な手触りの句集を編んで下さったふらんす堂の皆様に感謝申し上げる。

二〇二四年六月一〇日　あをみなづきの朝に

福神規子

著者略歴

福神規子（ふくじん・のりこ）

昭和26年10月4日東京生
昭和45年　「ホトトギス」に投句
昭和48年　清崎敏郎先生指導の夜長会入会
昭和60年　「ホトトギス」同人
昭和63年　「ホトトギス」を経て「惜春」「若葉」に投句
平成９年　「若葉」同人
平成24年　「若葉」結社賞受賞
平成27年　「惜春」終刊後「雛」創刊共同代表就任
令和元年　高田風人子逝去後「雛」主宰就任
令和３年　「若葉」編集責任者
令和４年　「若葉」終刊

現　在　公益社団法人俳人協会評議員、日本文藝家協会会員
句　集　『雛の箱』『薔薇の午後』『人は旅人』『自註・福神規子集』
共　著　『鑑賞　女性俳句の世界』『脚註・清崎敏郎集』など

現住所　〒155-0033　世田谷区代田6-9-10

句集　火のにほひ

ひのにおい

二〇二四年九月二〇日第一刷
定価＝本体二八〇〇円＋税

●著者――福神規子
●発行者――山岡喜美子
●発行所――ふらんす堂
〒一八二―〇〇〇二東京都調布市仙川町一―一五―三八―二F
TEL〇三・三三二六・九〇六一　FAX〇三・三三二六・六九一九
ホームページ　https://furansudo.com/　E-mail　info@furansudo.com

●装幀――和兎
●印刷――日本ハイコム株式会社
●製本――株式会社松岳社
落丁・乱丁本はお取替えいたします。
ISBN978-4-7814-1683-0 C0092 ¥2800E